안녕, 나의 고양이

캣 다이어리 북
안녕, 나의 고양이

1판 1쇄 인쇄 2020. 11. 10.
1판 1쇄 발행 2020. 11. 19.

지은이 나응식
그림 고양이다방

발행인 고세규
편집 김민경 디자인 조은아 마케팅 김새로미 홍보 이한솔
발행처 김영사
등록 1979년 5월 17일(제406-2003-036호)
주소 경기도 파주시 문발로 197(문발동) 우편번호 10881
전화 마케팅부 031)955-3100, 편집부 031)955-3200 | 팩스 031)955-3111

저작권자 © 나응식, 2020
이 책은 저작권법에 의해 보호를 받는 저작물이므로
저자와 출판사의 허락 없이 내용의 일부를 인용하거나 발췌하는 것을 금합니다.

값은 뒤표지에 있습니다.
ISBN 978-89-349-9151-9 13810

홈페이지 www.gimmyoung.com   블로그 blog.naver.com/gybook
페이스북 facebook.com/gybooks   이메일 bestbook@gimmyoung.com

좋은 독자가 좋은 책을 만듭니다.
김영사는 독자 여러분의 의견에 항상 귀 기울이고 있습니다.

이 도서의 국립중앙도서관 출판예정도서목록(CIP)은 서지정보유통지원시스템 홈페이지
(http://seoji.nl.go.kr)와 국가자료종합목록 구축시스템(http://kolis-net.nl.go.kr)에서
이용하실 수 있습니다. (CIP제어번호 : CIP2020047470)

안녕,
나의 고양이

김영사

2021

1월

					1	2
3	4	5	6	7	8	9
10	11	12	13	14	15	16
17	18	19	20	21	22	23
24/31	25	26	27	28	29	30

2월

	1	2	3	4	5	6
7	8	9	10	11	12	13
14	15	16	17	18	19	20
21	22	23	24	25	26	27
28						

3월

	1	2	3	4	5	6
7	8	9	10	11	12	13
14	15	16	17	18	19	20
21	22	23	24	25	26	27
28	29	30	31			

4월

			1	2	3
4	5	6	7	8	9	10
11	12	13	14	15	16	17
18	19	20	21	22	23	24
25	26	27	28	29	30	

5월

						1
2	3	4	5	6	7	8
9	10	11	12	13	14	15
16	17	18	19	20	21	22
23/30	24/31	25	26	27	28	29

6월

	1	2	3	4	5
6	7	8	9	10	11	12
13	14	15	16	17	18	19
20	21	22	23	24	25	26
27	28	29	30			

7월

			1	2	3
4	5	6	7	8	9	10
11	12	13	14	15	16	17
18	19	20	21	22	23	24
25	26	27	28	29	30	31

8월

1	2	3	4	5	6	7
8	9	10	11	12	13	14
15	16	17	18	19	20	21
22	23	24	25	26	27	28
29	30	31				

9월

		1	2	3	4
5	6	7	8	9	10	11
12	13	14	15	16	17	18
19	20	21	22	23	24	25
26	27	28	29	30		

10월

					1	2
3	4	5	6	7	8	9
10	11	12	13	14	15	16
17	18	19	20	21	22	23
24/31	25	26	27	28	29	30

11월

1	2	3	4	5	6
7	8	9	10	11	12	13
14	15	16	17	18	19	20
21	22	23	24	25	26	27
28	29	30				

12월

		1	2	3	4
5	6	7	8	9	10	11
12	13	14	15	16	17	18
19	20	21	22	23	24	25
26	27	28	29	30	31	

2022

1월

						1
2	3	4	5	6	7	8
9	10	11	12	13	14	15
16	17	18	19	20	21	22
23 30	24 31	25	26	27	28	29

2월

	1	2	3	4	5	
6	7	8	9	10	11	12
13	14	15	16	17	18	19
20	21	22	23	24	25	26
27	28					

3월

	1	2	3	4	5	
6	7	8	9	10	11	12
13	14	15	16	17	18	19
20	21	22	23	24	25	26
27	28	29	30	31		

4월

					1	2
3	4	5	6	7	8	9
10	11	12	13	14	15	16
17	18	19	20	21	22	23
24	25	26	27	28	29	30

5월

1	2	3	4	5	6	7
8	9	10	11	12	13	14
15	16	17	18	19	20	21
22	23	24	25	26	27	28
29	30	31				

6월

			1	2	3	4
5	6	7	8	9	10	11
12	13	14	15	16	17	18
19	20	21	22	23	24	25
26	27	28	29	30		

7월

					1	2
3	4	5	6	7	8	9
10	11	12	13	14	15	16
17	18	19	20	21	22	23
24 31	25	26	27	28	29	30

8월

	1	2	3	4	5	6
7	8	9	10	11	12	13
14	15	16	17	18	19	20
21	22	23	24	25	26	27
28	29	30	31			

9월

				1	2	3
4	5	6	7	8	9	10
11	12	13	14	15	16	17
18	19	20	21	22	23	24
25	26	27	28	29	30	

10월

						1
2	3	4	5	6	7	8
9	10	11	12	13	14	15
16	17	18	19	20	21	22
23 30	24 31	25	26	27	28	29

11월

	1	2	3	4	5	
6	7	8	9	10	11	12
13	14	15	16	17	18	19
20	21	22	23	24	25	26
27	28	29	30			

12월

				1	2	3
4	5	6	7	8	9	10
11	12	13	14	15	16	17
18	19	20	21	22	23	24
25	26	27	28	29	30	31

다른 시간의 영역에 살고 있는 우리 고양이에 대한 기록

고양이는 우리와 같이 숨을 쉬고, 피부를 맞대며 살고 있습니다. 하지만 그들은 사실 우리와 다른 시간 속에서 살고 있다는 걸 알고 계신가요? 고양이의 생후 한 살까지의 하루는 인간의 15일과 같으며, 세 살부터는 인간의 한 달이 고양이에게 4개월의 시간과 같습니다. 지금 우리 곁에 있는 고양이는 어떤 시간 속에서 살아가고 있을까요? 분명한 것은 여러분과 함께 하는 모든 시간이 고양이에게 더할 나위 없는 행복한 순간들이라는 사실입니다.

고양이는 돌봄이 많이 필요한 세 살 아이와 같습니다. 밥은 잘 먹는지, 대소변은 잘 보는지, 체중이 빠지지는 않았는지, 잘 놀고 잘 자는지 유심히 관찰해야 합니다. 이 모든 유심한 관찰은 여러분의 기록을 통해 내가 고양이를 정말로 행복하게 해주고 있는지 돌아볼 수 있으며, 더 나은 묘생을 만들어나갈 수 있도록 합니다. 이 다이어리에는 오랜 상담을 통해 집사님들에게 꼭 필요하다고 느꼈던 기능과 절대 잊지 말아야 할 육묘 팁을 곳곳에 배치해 여러분이 기록하는 데 도움을 주고자 했습니다. 앞으로 때론 소소하게, 때론 장황하게 풀어낼 이 한 권의 기록은 다시 없을 우리 고양이의 역사가 될 것이며, 더없이 행복한 추억으로 남을 것입니다. 사랑하는 고양이와 지내는 매일을 기록해주세요. 저도 함께 시작해보겠습니다. 자, 이제 시간 여행 기록의 첫 장을 넘겨볼까요?

나응식

Photo

_____

생일:

성별:

품종:

나이:

🐾 몸무게 체크하기

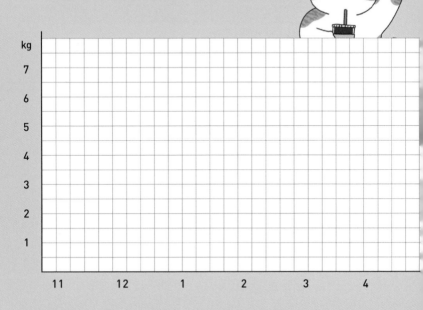

kg						
7						
6						
5						
4						
3						
2						
1						

11	12	1	2	3	4

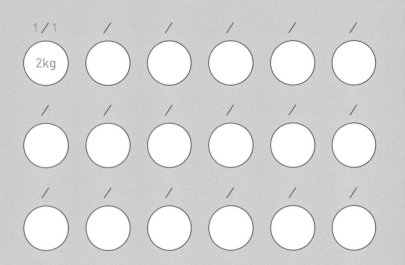

1 / 1
2kg

몸무게 체크는 고양이 건강관리를 위한 필수 덕목입니다.
특히 비만은 다양한 질병의 원인이 될 수 있으니 주의 깊게 관찰해주세요.

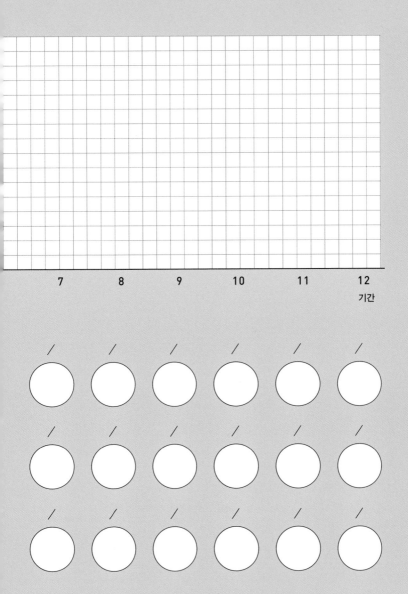

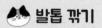 발톱 깎기

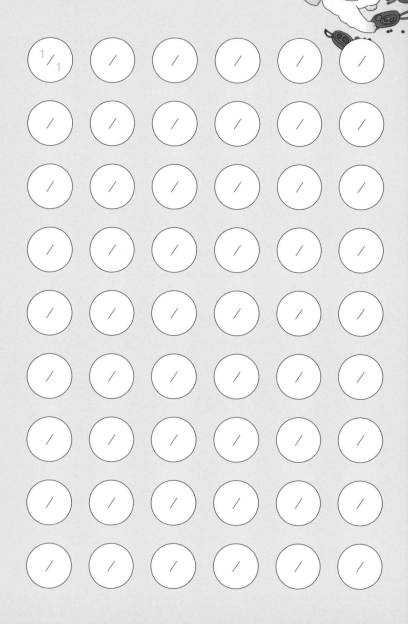

보통 2~3주 정도에 한 번 발톱의 상태를 보고 깎아줍니다.
고양이의 발톱에는 혈관이 있으므로 건드리지 않도록 주의합니다.

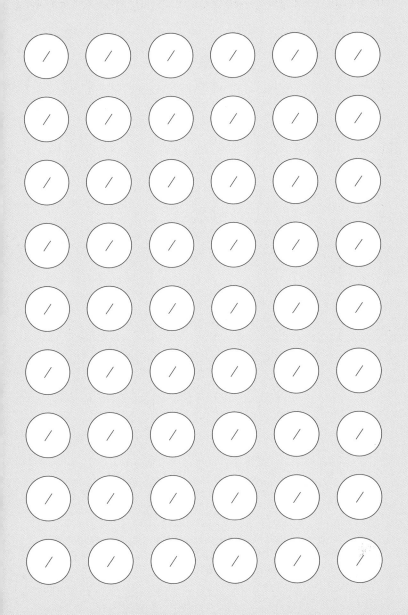

🐾 귀 청소하기

대개 일주일에 1~2회 정도 실시해주면 됩니다. 고양이의 건강상태에 따라 횟수를 조절하도록 합니다.

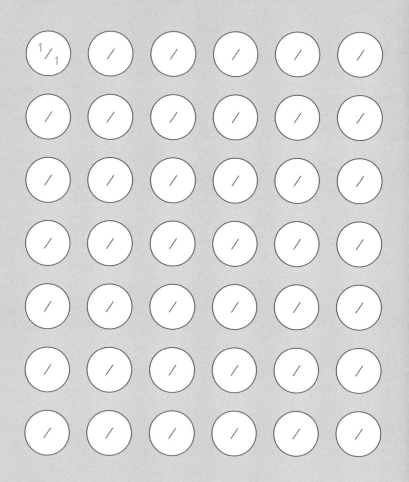

 귀 청소는 생후 2~3개월쯤에 시작하는 것이 좋습니다. 면봉은 귀에 자극을 줄 수 있으므로 귀 청소액을 몇 방울 떨어트린 뒤 가볍게 문질러주어 이물질이 녹아서 떨어지게 합니다.

🐾 양치질하기

생후 7개월이 되면 양치질을 시작해줍니다. 하루에 한 번이 가장 이상적이지만 경우에 따라 일주일에 2~3회 정도 실시해줍니다.

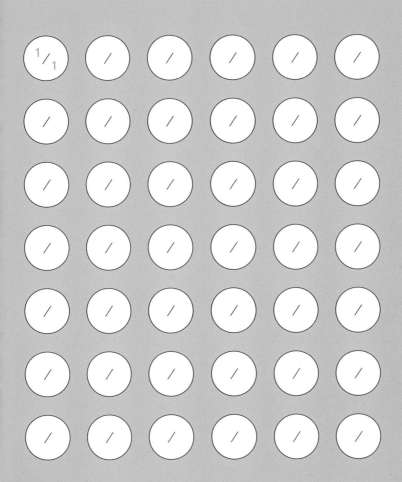

 세 살 이상의 고양이 80%가 치석으로 인한 잇몸 질환으로 고통받습니다. 양치질을 싫어한다면 거즈나 먹는 치약으로 유도해 점차 양치질에 익숙해지도록 합니다.

고양이 생활환경 진단하기

🧶 수직 공간

- -

❶ 캣타워나 캣폴 또는 오를 수 있는 공간이 있다 – 5점
❷ 캣타워나 캣폴이 없다 – 0점
❸ 캣타워나 캣폴은 없지만 가구들을 이용해 올라갈 수 있는 공간이 있다 – 4점
❹ 수직 공간이 창가 근처에 있다 – 5점
❺ 수직 공간이 거실 한가운데에 있다 – 2점
❻ 수직 공간이 침대 옆에 있다 – 3점

🧶 숨을 수 있는 공간

- -

❶ 숨숨집처럼 숨을 수 있는 공간이 두 개 이상 마련되어 있다 – 5
❷ 숨숨집처럼 숨을 수 있는 공간이 한 개 마련되어 있다 – 3
❸ 숨을 수 있는 공간이 없다 – 0

🧶 물그릇

- -

❶ 물그릇이 세 개 이상 비치되어 있다 – 5
❷ 물그릇이 두 개 비치되어 있다 – 3

고양이 한 마리와 생활하더라도 필요한 것들이 정말 많습니다. 고양이가 스트레스를 받지 않으려면 환경 풍부화(BEE: Behavioral Environmental Enrichment)가 중요합니다. 다음 리스트를 점검해보고 충분히 좋은 환경을 제공하고 있는지 알아볼까요.

❸ 물그릇이 한 개 비치되어 있다 - 0
❹ 물그릇이 밥그릇 옆에 바로 붙어 있다 - 0
❺ 물그릇이 싱크대처럼 물을 교체하기 쉬운 곳에 있다 - 5
❻ 물그릇의 재질이 도자기이다 - 5
❼ 물그릇의 재질이 유리이다 - 4
❽ 물그릇의 재질이 플라스틱이다 - 2

🧶 밥그릇

----

❶ 밥그릇의 재질이 도자기이다 - 5
❷ 밥그릇의 재질이 유리이다 - 4
❸ 밥그릇의 재질이 플라스틱이다 - 2
❹ 밥을 먹을 수 있는 장소가 세 군데 이상이다 - 5
❺ 밥을 먹을 수 있는 장소가 두 군데이다 - 4
❻ 밥을 먹을 수 있는 장소가 한 군데이다 - 2

🧶 장난감

----

❶ 장난감의 개수가 일곱 개 이상이며, 매일 다르게 제공하고 있다 - 5

❷ 장난감의 개수가 네 개로, 되도록 매일 다르게 제공하고 있다 - 3
❸ 장난감의 개수가 두 개로, 번갈아가며 제공하고 있다 - 1
❹ 먹이 장난감이 세 개 이상 놓여 있다 - 5
❺ 먹이 장난감이 한 개 놓여 있다 - 3
❻ 먹이 장난감이 없다 - 0
❼ 헌팅피더 및 캣휠과 같은 행동유발 장난감이 있다 - 5
❽ 헌팅피더 및 캣휠과 같은 행동유발 장난감이 없다 - 0

🧶 스크래처

----

❶ 세 개 이상의 수직 및 수평 스크래처가 각각 놓여 있다 - 5
❷ 두 개의 수직 스크래처만 거리를 두고 놓여 있다 - 3
❸ 두 개의 수평 스크래처만 거리를 두고 놓여 있다 - 2
❹ 캣타워에 있는 스크래처만 비치되어 있다 - 1
❺ 스크래처가 없다 - 0

🧶 화장실

----

❶ 화장실이 최소 두 개 이상으로, 각각 떨어져 있다 - 5
❷ 화장실이 한 개만 놓여 있다 - 3
❸ 돔 형태의 화장실을 사용 중이다 - 3
❹ 오픈형 화장실을 사용 중이다 - 5
❺ 자동형 화장실을 사용 중이다 - 2
❻ 화장실 모래는 벤토나이트를 사용 중이다 - 5

❼ 화장실 모래는 두부 모래를 사용 중이다 – 3
❽ 화장실 모래는 크리스털을 사용 중이다 – 1
❾ 화장실 모래는 펠릿 타입을 사용 중이다 – 0

🧶 결과

70점 이상
당신은 고양이에게 더할 나위 없이 좋은 환경을 제공하고 있군요!

60~70점
조금만 더 노력하면 고양이에게 더욱 좋은 세상을 선물할 수 있겠군요!

50~60점
전문가와의 상담을 통해서 멋진 공간으로 탈바꿈시킬 필요가 있네요.

40~50점
고양이가 환경에 다소 불만족스러울 수 있어요.

40점 이하
스트레스로 인해 고양이에게 방광염 같은 질환이 생길 수 있으니 좀 더 신경 쓰세요.

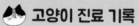 **고양이 진료 기록**

날짜	진료 내용	진료 비용

예방접종은 고양이가 사는 환경, 건강상태, 몸속의 항체 유무에 따라 접종 시기나
접종 여부가 달라집니다.

날짜	진료 내용	진료 비용

날짜	진료 내용	진료 비용

날짜	진료 내용	진료 비용

면역력이 약한 어린 고양이로부터 발병하는 허피스 바이러스나 호흡기 감염을 일으키는 칼리시 바이러스, 범백혈구 감소증 같은 질환을 예방할 수 있는 종합 접종은 생후 6주부터 3주 간격으로 3회 실시하며, 접종 후 1년에 한 번 추가 접종이 이루어져야 합니다. 그리고 매년 1회씩 항체가 잘 유지되는지 확인합니다. 바이러스는 다묘 가정의 경우 특히 더 전파의 우려가 있으므로 사전에 예방하도록 주의를 기울여야 합니다. 기생충 예방도 접종과 마찬가지로 생후 6주부터 진행합니다. 종합기생충 예방은 회충, 십이지장충, 심장사상충과 같은 내부 기생충과 귀 진드기, 벼룩, 옴 등과 같은 외부 기생충까지 포함한 포괄적인 예방을 의미합니다.

고양이는 개와 달리 아파도 티를 안 내는 습성이 강해 보호자께서 쉽게 알아차리기 어렵습니다. 때문에 정기적인 건강검진이 매우 중요한데요, 건강검진은 보통 비만도 평가를 포함한 신체검사, 혈액학적 검사 그리고 엑스레이와 초음파 같은 영상진단 검사로 구성되어 있습니다. 생후 만 여섯 살까지는 1년에 한 번 검사할 것을 권하고 있습니다. 만약 검진을 받는다면 항체가 잘 유지되는지, 심장사상충 감염은 없는지, 치아 상태는 괜찮은지 등 예방의학적인 검사항목 위주로 진행할 것을 추천해드립니다.

만 일곱 살부터는 고양이가 중년묘로 접어드는 시기이기 때문에 신장과 심장 같은 순환기에 발병하는 질환과 갑상샘 기능 항진증과 관련된 검사 중심으로 받는 것이 좋습니다. 중년묘 이후부터는 6개월에 한 번 정기적으로 종합검진을 받도록 하고, 열 살 이상의 노령묘가 되는 시점에는 삶의 질을 떨어뜨릴 수 있는 퇴행성 관절염과 치주염, 치아 흡수성 병변 등과 같은 치과 질환에 대해서 더욱 신경 써서 받을 필요가 있습니다. 정기적인 건강검진과 종합기생충 예방, 적절한 시기의 접종을 잊지 않고 잘 챙겨준다면 큰병을 사전에 방지하고 더 나은 삶을 살 수 있도록 만들어 줄 수 있을 것입니다. 보호자의 작은 관심이 고양이의 삶의 질을 좌우한다는 것을 잊지마세요!

🐱 음수량 체크하기

물그릇에 앞발을 넣었다 뺐다 하며 장난스럽게 물을 찍어 먹거나, 홀짝홀짝 소리를 내며 물 마시는 고양이를 보면 귀엽기 그지없습니다. 하지만 이런 모습은 의외로 쉽게 볼 수 없는 모습이기도 한데요, 우리 고양이가 하루 중 물을 얼마나 먹는지, 먹기는 먹는지 쉽게 알 수 없어 고민인 집사분들이 많습니다. 고양이의 하루 권장 음수량은 몸무게(kg)/50mL로, 우리 고양이의 몸무게가 4kg이라고 할 때, 하루에 200mL의 물을 주면 됩니다.

정확히 계량하기 어렵다면, 쉽게 활용할 수 있는 것이 종이컵입니다. 종이컵 한 개의 용량은 180mL(넘치지 않을 정도로 가득 채웠을 경우)로, 몸무게 대비 적정량을 계산해 급여하도록 합니다. 만약 보다 확실한 음수량을 체크하고 싶다면 눈금이 있는 물병이나 계량컵을 활용하여 오전과 오후, 하루에 두 번 물을 갈아주면서 남은 물을 붓고 처음 급여한 양과의 차이를 계산해봅니다. 평소 습식사료나 츄르 같은 간식을 제공하고 있다면 10g 기준 7mL의 수분이 포함되어 있으므로 이를 계산하여 마신 물의 양과 합산해 하루 총 음수량을 계산합니다. 만약 탈수가 의심된다면 목 뒤쪽의 피부를 잠깐 당겼다가 놓은 뒤 얼마나 빠르게 제자리로 회복되는지 확인해봅니다.

피부가 처음 상태로 바로 회복된다면 5% 미만의 탈수 상태로 정상으로 분류할 수 있으며, 1.5~3초 정도의 시간이 걸린다면 7% 이상의 탈수 상태로 응급상황은 아니지만 병원에 방문하여 진단을 받을 필요가 있습니다. 만약 당긴 곳의 피부가 텐트처럼 세워진 상태로 멈추어 회복되지 않는다면 10% 이상의 심각한 탈수 상태의 응급상황으로 보고 즉각 동물병원에 방문하여 수액 처치를 비롯한 탈수 교정 치료를 실시해야 합니다.

사막 출신의 고양이가 물과 친하지 않은 것은 어쩌면 당연한 일인지도 모릅니다. 하지만 그렇다고 해서 물의 중요성을 잊고 지내서는 안 됩니다. 고양이가 물을 먹지 않는다고 마냥 걱정만 할 것이 아니라 물그릇의 재질이나 놓여있는 위치, 개수 등에 조금 더 신경을 쓰고 더불어 전문가와의 상담을 통해 교정해보시는 방법을 추천드립니다. 매번 강조하지만 여러분의 작은 관심이 우리 고양이의 삶의 질을 좌우한다는 사실을 잊지 마십시오.

🐾 구토와 설사로 알아보는 건강상태

고양이는 헤어 볼 관리를 위해 일주일에 2~3회씩 토하기도 하는데요, 이 정도는 정상의 범주에 속하지만 너무 과하게 지속된다면 만성 구토를 의심해봐야 합니다. 만약 1일 4회 이상 폭발적으로 구토를 한다면 급성 구토로 진단할 수도 있습니다. 하지만 횟수보다 중요한 것이 토하는 자세와 토사물의 상태입니다. 고양이는 대개 구토하기 전에 배를 꿀렁거리는데, 이렇게 꿀렁거리지 않고 흐르듯 바로 구토를 한다면 역류성 식도염 같은 식도의 문제로 짐작해볼 수 있으며, 폭발적인 분출성 구토를 한다면 이는 이물질 섭식으로 인해 위장관에 문제가 생겼거나 소화기에 심각한 문제가 발생했다는 신호로 판단할 수 있습니다.

때때로 음식물을 잘 소화하지 못했거나 몸에 맞지 않는 단백질을 섭취했을 경우 식이 역작용을 일으켜 토하기도 합니다. 이때 토사물이 흰색이라면 위액으로, 녹색이라면 십이지장액이나 담즙액으로 추측할 수 있습니다. 이는 대개 공복인 상태에서 역류하여 구토로 이어지는 경우입니다. 하지만 토사물이 갈색이나 커피색을 띠는 경우 위장관내 출혈을 의심해볼 수 있으므로 주의를 기울여야 합니다. 간혹 사료가 완전히 소화된 상태에서 구토할 때도 갈색을 띠므로 이럴 때는 토사물의 냄새로 상황을 판단해야 하는데, 만약 토사물에서 비릿한 냄새가 난다면 위장관내 출혈을 의심해볼 수 있으므로 동물병원에 방문하시길 권해드립니다.

만약 고양이가 설사나 변비를 앓고 있다면 다음 그림을 참고해 건강상태를 살펴보도록 합니다. 고양이의 변이 토끼 똥 같은 1번의 모습을 띠고 있다면 변비로 판단할 수 있으며, 유산균과 식이섬유의 급여량을 늘릴 필요가 있습니다. 2번은 우리가 흔히 '맛동산'이라 부르는 가장 이상적인 변의 모양이라고 할 수 있습니다. 3번부터 5번까지는 무른 변의 상태로 소화력이 떨어진 상태라고 추측할 수 있습니다. 6번과 7번은 설사로 판단할 수 있으며, 이 경우 동물병원에 방문하여 검사와 치료를 받아야 합니다.

설사의 횟수와 자세에 따라 소화기 문제를 판단할 수도 있습니다. 적은 양이지만 잦은 설사 증상을 보이고 대변 끝에 혈흔이 묻어나온다면 대장성 설사를 의심해볼 수 있고, 반면 많은 양의 설사를 비롯해 체중 감소까지 이어진다면 소장성 설사를 의심해봐야 합니다.

이렇듯 구토와 설사는 다양한 원인으로부터 발생하며 종류와 형태, 색깔, 냄새 등으로 건강상태를 파악할 수 있습니다. 잘 먹고 잘 노는 것도 중요하지만 평상시 고양이의 루틴을 잘 살펴보고 평소와 다른 행동을 보이거나 이상한 점이 발견된다면 즉시 알맞은 조치를 취해야 합니다. 사소한 점도 허투루 넘기지 마시고 지속적인 관찰과 관심을 통해 큰 병을 미리 방지하고 우리 고양이가 행복하게 살 수 있도록 노력해주시기 바랍니다.

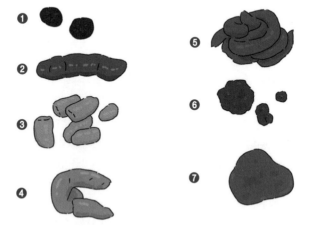

고양이 나이 계산표

단계	고양이 나이	사람 나이
유년기	1개월	1세
	2개월	2세
	4개월	6세
	6개월	10세
청년기	7개월	12세
	1세	15세
	2세	24세
성년기	3세	28세
	4세	32세
	5세	36세
	6세	40세
중년기	7세	44세
	8세	48세
	9세	52세
	10세	56세
노령기	11세	60세
	12세	64세
	13세	68세
	14세	72세
고령기	15세	76세
	16세	80세
	17세	84세
	18세	88세
	19세	92세
	20세	96세
	21세	100세

2020

11

- ☐
- ☐

일	월	화
1	2	3
8	9	10
15	16	17
22	23	24
29	30	

수	목	금	토
	5	6	7
	12	13	14
	19	20	21
	26	27	28

월

화

수

목

우리나라에서는 20가구당 한 가구가 고양이와 생활하고 있어요.

월

화

수

목

고양이 입양은 어디서 해야 하나요?

월

화

수

목

금

토

일

 고양이 입양 시 준비할 것은?

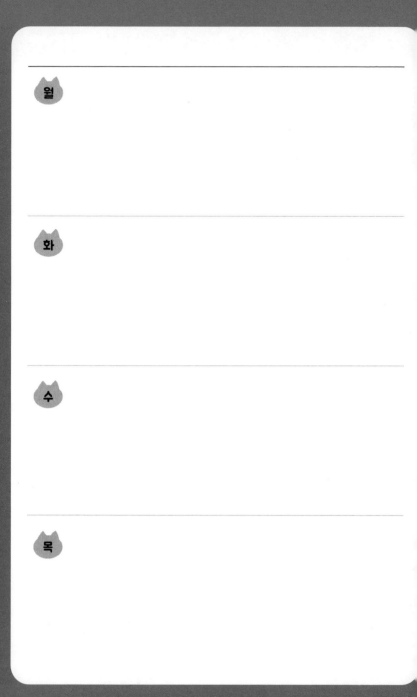

월

화

수

목

한 마리의 고양이와 생활하기 위해서는 기본적으로 물그릇 2~3개, 밥그릇 2개 이상, 장난감 7개, 캣타워, 화장실 2개, 숨숨집, 수직 및 수평 스크래처 3개 이상 그리고 이동장 등이 필요해요.

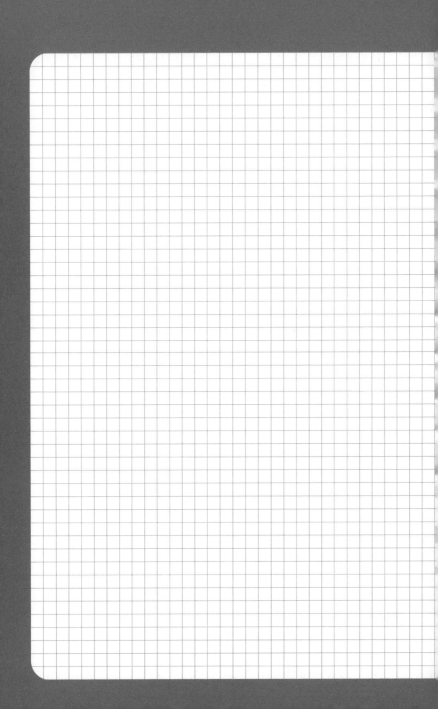

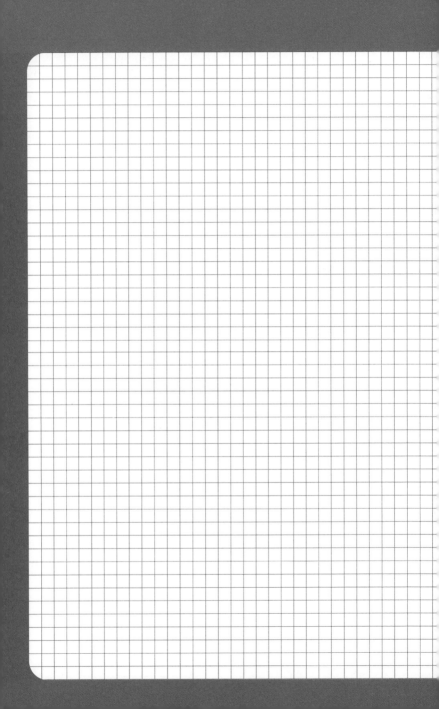

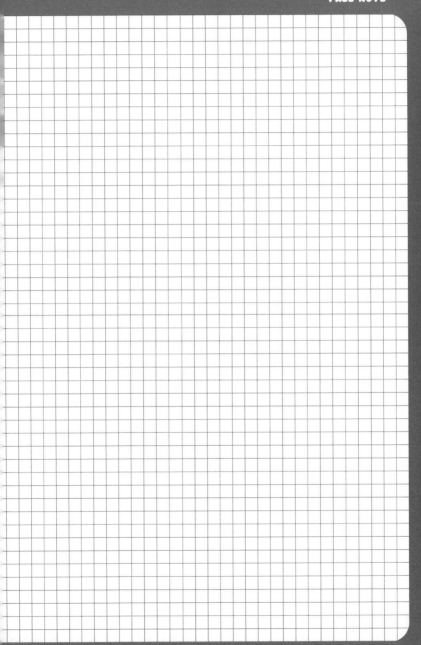

11월,
어떤 일들이 있었나요?

Q. 가장 기억에 남는 고양이와의 추억은 무엇인가요?

Q. 고양이에게 눈에 띄는 행동 변화가 있었나요?

Q. 구토와 설사 같은 몸의 이상 증상이 있었나요?

병원 방문 횟수와 비용

Q. 귀청소 횟수는?

Q. 양치질 횟수는?

Q. 이번 달 총 음수량은?

Q. 발톱은 깎았나요?

고양이 건강 이슈와 주의 사항

2020

12

☐
☐

 일   월   화

일	월	화
		1
6	7	8
13	14	15
20	21	22
27	28	29

수 목 금 토

수	목	금	토
	3	4	5
	10	11	12
	17	18	19
	24	25	26
	31		

월

화

수

목

금

토

일

한국에 많이 입양되는 고양이의 품종으로는 코리안 숏헤어(45%),
페르시안(18.8%), 러시안 블루(18%)가 있습니다.

월

화

수

목

금

토

 일

 코리안 숏헤어가 궁금해요!

월

화

수

목

금

토

일

 고양이는 생후 10일이면 눈을 뜬답니다.

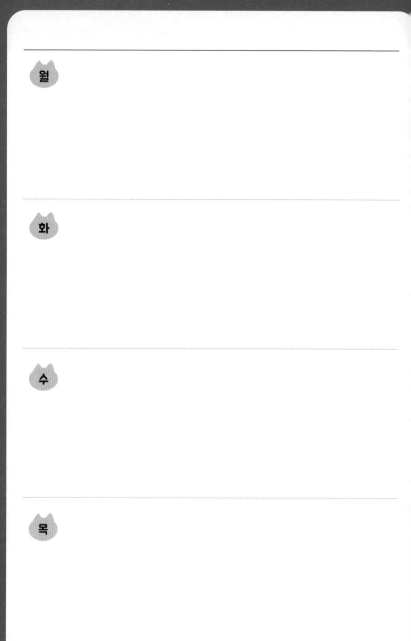

월

화

수

목

금

토

일

고양이의 체온은 37.5~39.5℃로 사람보다 1~2℃ 정도 높답니다.

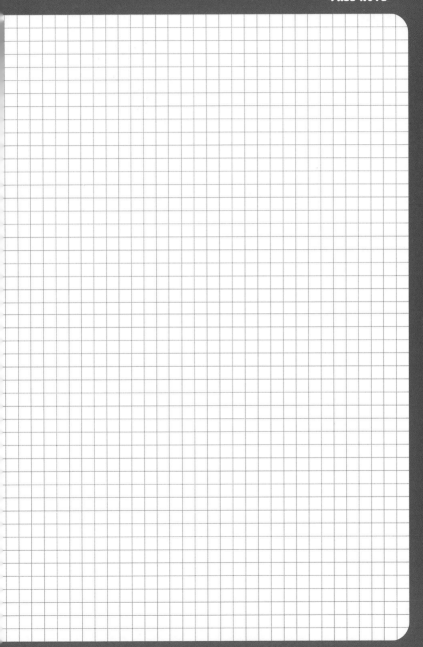

12월,
어떤 일들이 있었나요?

Q. 가장 기억에 남는 고양이와의 추억은 무엇인가요?

Q. 고양이에게 눈에 띄는 행동 변화가 있었나요?

Q. 구토와 설사 같은 몸의 이상 증상이 있었나요?

병원 방문 횟수와 비용

Q. 귀청소 횟수는?

Q. 양치질 횟수는?

Q. 이번 달 총 음수량은?

Q. 발톱은 깎았나요?

고양이 건강 이슈와 주의 사항

새해 목표

2021년 새해가 밝았습니다.
올해 가장 큰 목표는 무엇인가요?

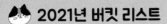 2021년 버킷 리스트

 올해 꼭 하고 싶은 것이 있나요?
저는 거대고양이에서 슬림고양이로 변신하고 싶습니다.

2021

1

☐

☐

일	월	화
3	**4**	**5**
10	**11**	**12**
17	**18**	**19**
24	**25**	**26**
31		

수	목	금	토
		1	2
	7	8	9
	14	15	16
	21	22	23
	28	29	30

월

화

수

목

금

토

일

고양이의 성격은 어떻게 나눌 수 있나요?

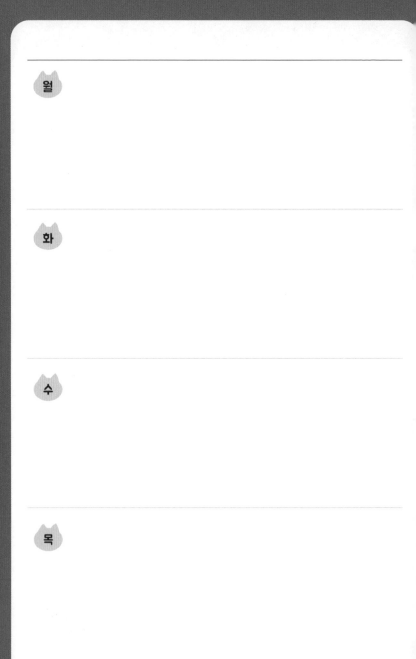

월

화

수

목

금

토

일

 합사는 어떻게 해야 하나요? 1탄

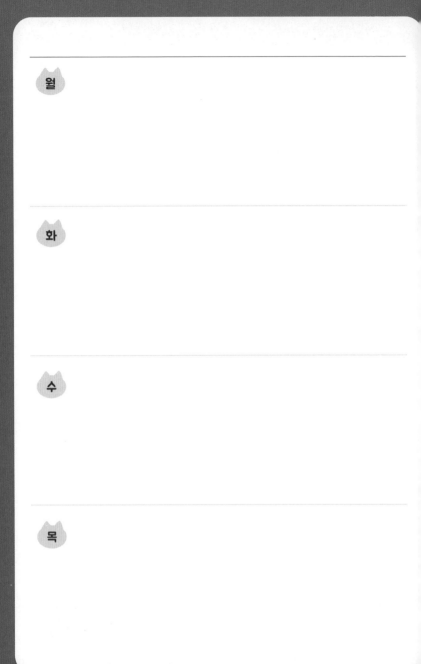

월

화

수

목

금

토

일

 합사는 어떻게 해야 하나요? 2탄

월

화

수

목

금

토

일

생후 5~7주부터는 이유식이나 일반 사료를 먹을 수 있어요.

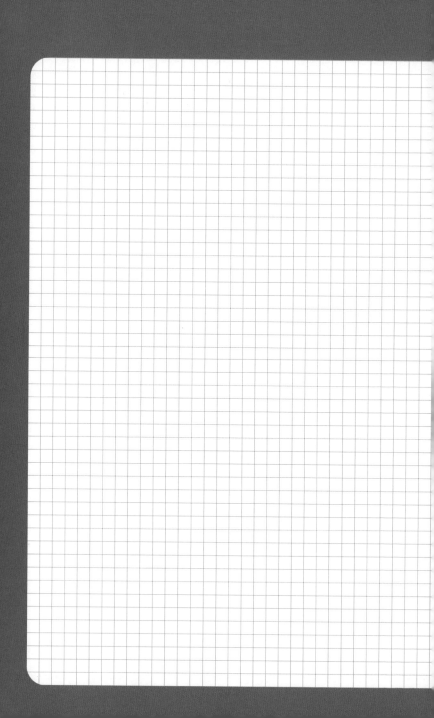

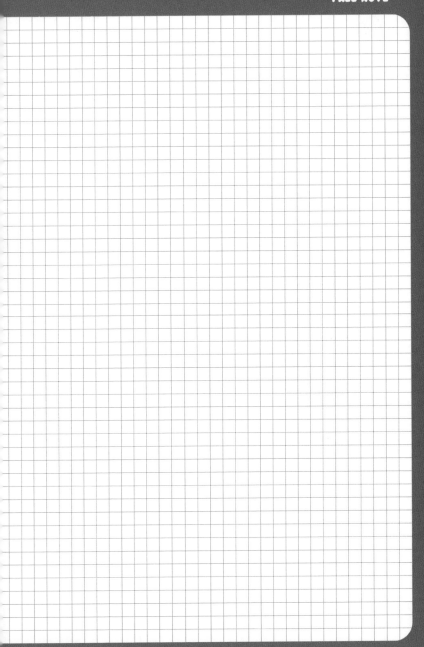

1월,
어떤 일들이 있었나요?

Q. 가장 기억에 남는 고양이와의 추억은 무엇인가요?

Q. 고양이에게 눈에 띄는 행동 변화가 있었나요?

Q. 구토와 설사 같은 몸의 이상 증상이 있었나요?

병원 방문 횟수와 비용

Q. 귀청소 횟수는?

Q. 양치질 횟수는?

Q. 이번 달 총 음수량은?

Q. 발톱은 깎았나요?

고양이 건강 이슈와 주의 사항

2

일	월	화
	1	2
7	8	9
14	15	16
21	22	23
28		

☐
☐

수	목	금	토
	4	5	6
	11	12	13
	18	19	20
	25	26	27

월

화

수

목

금

 토

일

 생후 3개월이 되면 종에 따라 눈 색깔이 결정돼요.

월

화

수

목

금

 토

일

 고양이도 혈액형이 있나요?

월

화

수

목

금

토

일

생후 5주부터 화장실과 스크래처를 사용할 수 있어요.

월

화

수

목

금

토

일

고양이 발톱은 어떻게 깎나요?

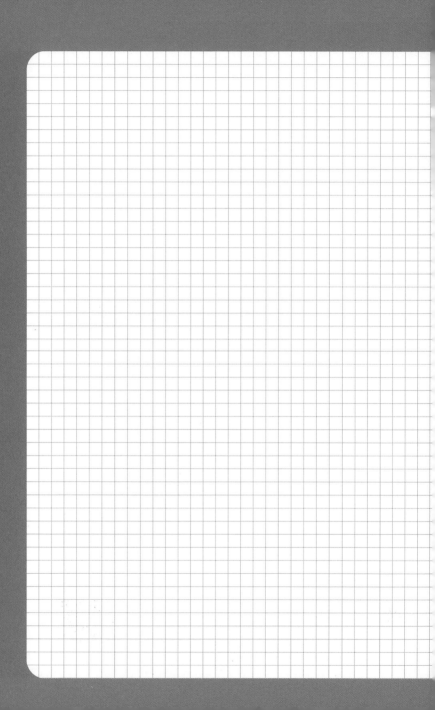

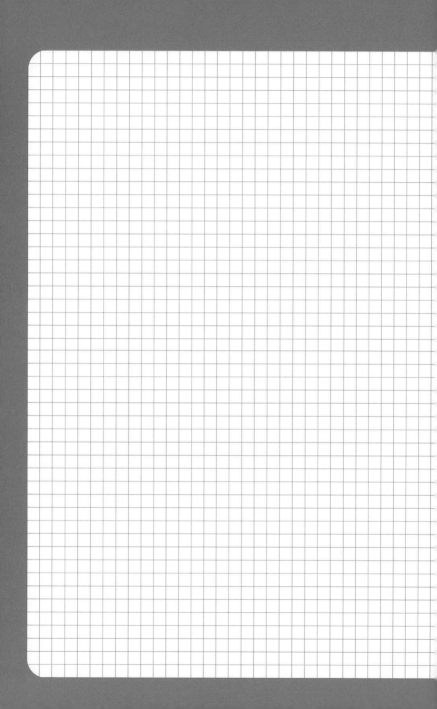

2월,
어떤 일들이 있었나요?

Q. 가장 기억에 남는 고양이와의 추억은 무엇인가요?

Q. 고양이에게 눈에 띄는 행동 변화가 있었나요?

Q. 구토와 설사 같은 몸의 이상 증상이 있었나요?

병원 방문 횟수와 비용

Q. 귀청소 횟수는?

Q. 양치질 횟수는?

Q. 이번 달 총 음수량은?

Q. 발톱은 깎았나요?

고양이 건강 이슈와 주의 사항

spring

봄

봄이 다가오는 냄새는 마음에 가벼운 떨림을 줍니다. 새끼 고양이를 처음 데려와 집사로서의 삶을 시작하는 마음도 이러한 기분과 같을 것입니다. 어린 고양이에게 기분 좋은 자극을 제공해주는 것은 봄을 선물해주는 것과 같습니다. 새로운 냄새를 많이 맡게 해주고, 다양한 장난감을 준비하여 사냥본능을 충족시켜주세요. 그리고 두려움을 없애 자존감 높은 고양이로 만들어주세요.

태어난 지 3~8주인 고양이는 어미, 형제묘와 함께 지내면서 사회화기를 겪습니다. 이 시기는 봄을 맞이하기 위해 겨우내 땅속에 웅크려 있는 씨앗과도 같은 시기입니다. 이 시기에 어미가 아닌 사람과 묘생을 시작하게 된다면 새끼 고양이는 사람을 어미 고양이로 인식하게 됩니다. 집사와 새롭게 시작하는 공간이 앞으로 고양이에게 세상의 전부가 되는 것이죠. 그 세상을 수직 공간과 숨숨집, 터널 등을 배치해 안전하고 흥미로운 세상으로 만들어주세요. 혹시 혼자 있는 시간이 걱정된다면 먹이 장난감을 배치해 혼자서도 사냥을 하며 무료하지 않게 해주세요. 발톱 깎기나 양치하기, 빗질하기에 익숙해지려면 집사의 손길에 먼저 익숙해지는 시간을 가져야 합니다. 세 살 아이와 교감하듯 조심히, 천천히 다가가세요. 자, 준비가 됐다면, 따뜻한 햇살을 맞으며 행복함에 고롱거리는 우리 고양이를 만나러 가볼까요?

3

☐
☐

일	월	화
	1	2
7	8	9
14	15	16
21	22	23
28	29	30

수	목	금	토
	4	5	6
	11	12	13
	18	19	20
	25	26	27

월

화

수

목

금

토

일

생후 6주부터 장난감을 가지고 놀 수 있거든요.
차근차근 준비를 해두시면 좋아요.

월

화

수

목

금

 토

일

 고양이가 유산을 일으킨다고요?

월

화

수

목

금

토

일

예방접종과 기생충 예방은 생후 6주부터 시작해요.

월

화

수

목

금

토

일

맙소사! 고양이 목덜미를 잡는다고요?

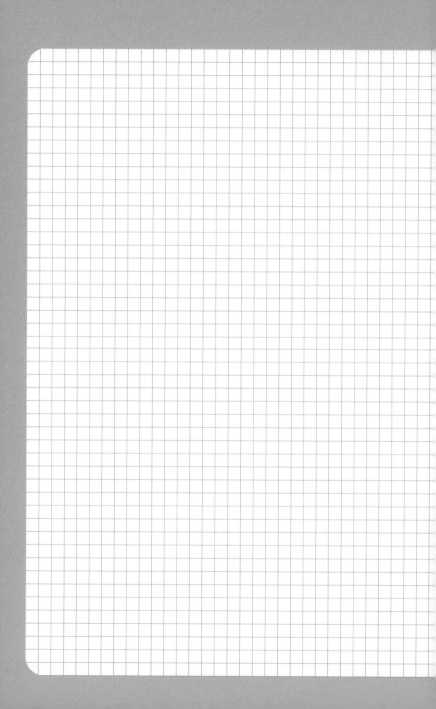

3월,
어떤 일들이 있었나요?

Q. 가장 기억에 남는 고양이와의 추억은 무엇인가요?

Q. 고양이에게 눈에 띄는 행동 변화가 있었나요?

Q. 구토와 설사 같은 몸의 이상 증상이 있었나요?

병원 방문 횟수와 비용

Q. 귀청소 횟수는?

Q. 양치질 횟수는?

Q. 이번 달 총 음수량은?

Q. 발톱은 깎았나요?

고양이 건강 이슈와 주의 사항

2021

4

☐
☐

일	월	화
4	5	6
11	12	13
18	19	20
25	26	27

수	목	금	토
	1	2	3
	8	9	10
	15	16	17
	22	23	24
	29	30	

월

화

수

목

금

 토

 일

 생후 6개월까지 하루 5분씩, 가볍게 쓰다듬어주거나 놀아주면
사람을 무서워하지 않게 됩니다.

월

화

수

목

금

 토

 일

 고양이에게 사랑받고 싶다면, 이렇게 놀아주세요.

월

화

수

목

급식 시 사료와 캔, 간식의 비율은 6:3:1 정도가 적당해요.

월

화

수

목

금

토

일

중성화 수술은 생후 6개월 전후 첫 발정이 오기 전에 시켜주세요.

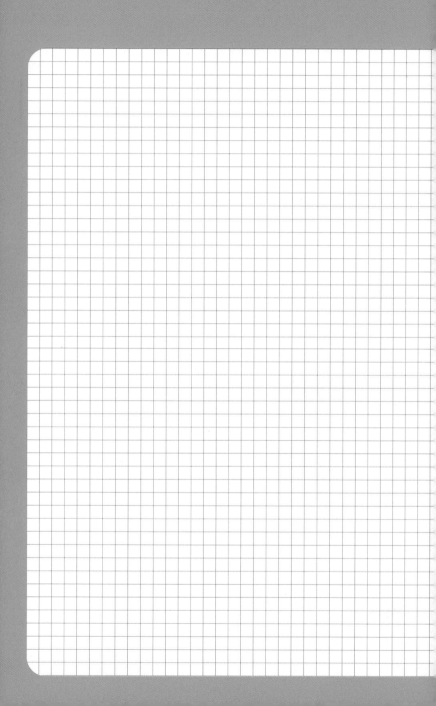

4월,
어떤 일들이 있었나요?

Q. 가장 기억에 남는 고양이와의 추억은 무엇인가요?

Q. 고양이에게 눈에 띄는 행동 변화가 있었나요?

Q. 구토와 설사 같은 몸의 이상 증상이 있었나요?

병원 방문 횟수와 비용

Q. 귀청소 횟수는?

Q. 양치질 횟수는?

Q. 이번 달 총 음수량은?

Q. 발톱은 깎았나요?

고양이 건강 이슈와 주의 사항

2021

5

일	월	화
2	3	4
9	10	11
16	17	18
23	24	25
30	31	

☐

☐

수	목	금	토
			1
	6	7	8
	13	14	15
	20	21	22
	27	28	29

월

화

수

목

금

토

일

 고양이 중성화 제대로 알기!

월

화

수

목

금

토

일

편식하는 고양이로 만들지 않으려면 생후 6개월 전까지
다양한 형태의 사료를 제공해주세요.

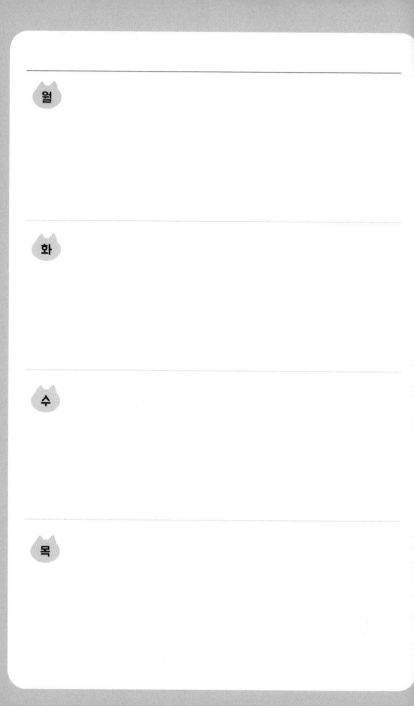

월

화

수

목

금

토

일

고양이 이빨(유치)은 생후 6주면 다 자라요.
그리고 4개월에서 8개월 사이에 어른 이빨로 이갈이를 한답니다.

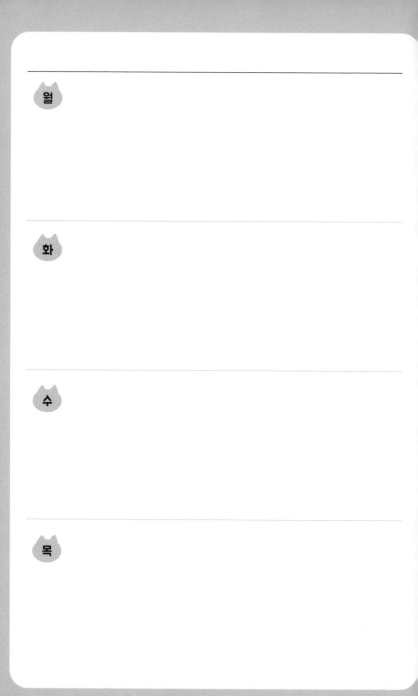

월

화

수

목

금

토

일

 고양이 양치질 시키기

5월,
어떤 일들이 있었나요?

Q. 가장 기억에 남는 고양이와의 추억은 무엇인가요?

Q. 고양이에게 눈에 띄는 행동 변화가 있었나요?

Q. 구토와 설사 같은 몸의 이상 증상이 있었나요?

병원 방문 횟수와 비용

Q. 귀청소 횟수는?

Q. 양치질 횟수는?

Q. 이번 달 총 음수량은?

Q. 발톱은 깎았나요?

고양이 건강 이슈와 주의 사항

summer

여름

여름을 좋아합니다. 수박 주스가 주는 시원함 그리고 푸르른 녹음 밑에서 즐기는 나른한 휴식까지, 에너지와 여유를 동시에 느낄 수 있는 완벽한 계절이기 때문입니다. 가끔 여름을 고양이의 성묘 시기와 빗대기도 합니다. 자신감이 붙고 사냥에도 능숙해지는 고양이의 모습이 에너지 넘치는 여름의 기운과 닮았기 때문입니다. 봄에 탄생을 알렸던 새싹이 초록잎 풍성한 나무로 자라 우리에게 시원한 그늘을 만들어주듯, 고양이도 이 시기에 눈에 띄는 성장을 하게 됩니다. 그리고 그 에너지를 소모하기 위해 적극적으로 새로운 것들을 탐구합니다.

하지만 여름이 마냥 행복한 계절은 아닙니다. 고양이에게 여름의 폭염은 이겨내기 힘든 고난이기 때문입니다. 고양이는 털로 뒤덮인 몸으로 호흡하며 체온을 조절합니다. 이럴 때는 더위에 취약한 고양이를 위해 음수대에 얼음을 띄워주거나 에어컨으로 더위를 식혀주는 등 세심한 배려가 필요합니다. 또한 습식사료와 화장실도 더 신경써서 관리해야 합니다. 그리고 절대 잊지 말아야 할 것은 여름이 주는 뜨거움만큼 고양이를 더 세심하게 바라보고 열정적으로 놀아줘야 한다는 것입니다. 에너지로 가득 찬 이 여름, 우리 고양이에게 잊지 못할 순간을 선물해주세요. 우리 고양이를 행복하게 해줄 수 있는 건 여러분뿐이라는 사실을 절대 잊지 마시길 바랍니다.

2021

6

일	월	화
		1
6	7	8
13	14	15
20	21	22
27	28	29

☐
☐

수	목	금	토
	3	4	5
	10	11	12
	17	18	19
	24	25	26

월

화

수

목

금

토

일

털이 짧은 단모종의 고양이를 빗질할 때는 일주일에 한 번 고무 빗으로,
털이 긴 장모종을 빗질할 때는 뾰족한 빗인 슬리커를 사용하면 좋아요.

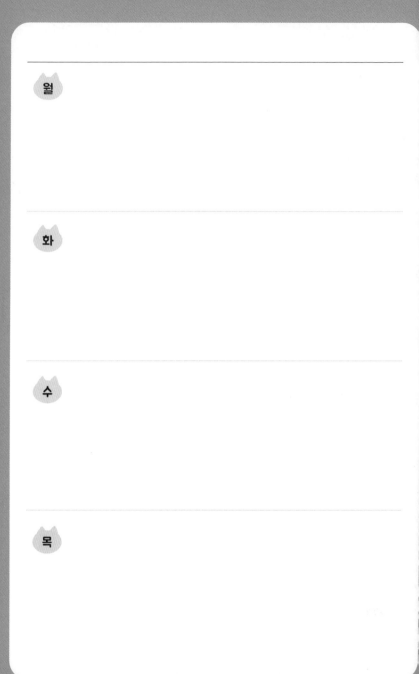

월

화

수

목

금

토

일

 고양이 털 관리하기

월

화

수

목

금

 토

 일

 고양이의 평균 체중은 4~6kg이에요.

월

화

수

목

금

토

일

 3kg 미만의 소형묘에는 '싱가푸라'라는 종이,
7kg 이상의 대형묘에는 '메인쿤'이라는 종이 있어요.

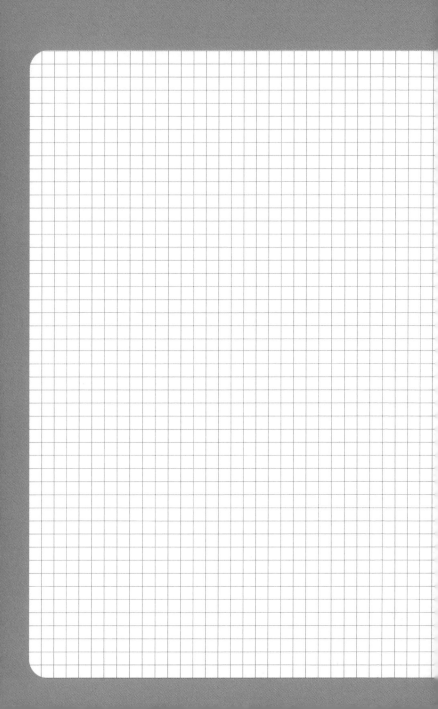

6월,
어떤 일들이 있었나요?

Q. 가장 기억에 남는 고양이와의 추억은 무엇인가요?

Q. 고양이에게 눈에 띄는 행동 변화가 있었나요?

Q. 구토와 설사 같은 몸의 이상 증상이 있었나요?

병원 방문 횟수와 비용

Q. 귀청소 횟수는?

Q. 양치질 횟수는?

Q. 이번 달 총 음수량은?

Q. 발톱은 깎았나요?

고양이 건강 이슈와 주의 사항

2021

7

일	월	화
4	5	6
11	12	13
18	19	20
25	26	27

☐
☐

수	목	금	토
	1	2	3
	8	9	10
	15	16	17
	22	23	24
	29	30	31

월

화

수

목

금

 토

 일

 삼색고양이의 성별은 대부분 암컷입니다.

월

화

수

목

금

토

일

 러시안 블루와 코렛 구분하기

월

화

수

목

금

토

일

화장실 모래를 전체적으로 갈아야 한다면,
다묘 가정의 경우 2주에 한 번, 단묘 가정의 경우 1개월에 한 번 해주세요.

월

화

수

목

고양이들이 가장 선호하는 모래는 천연 모래에 가까운 벤토나이트 종류예요. 모래 갈이를 할 때는 항상 기존 모래를 10% 정도 같이 섞어주세요.

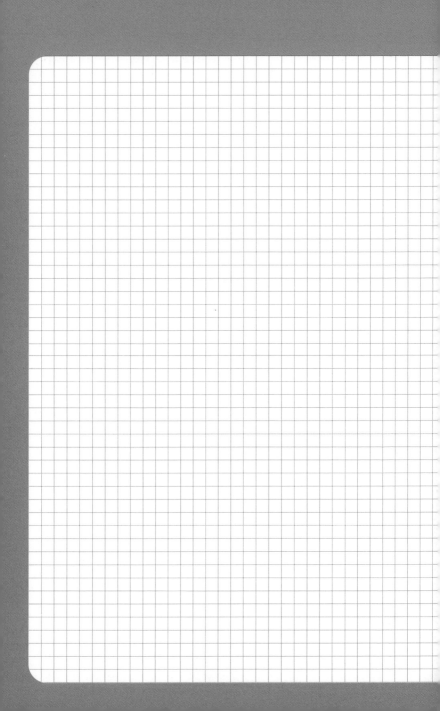

7월,
어떤 일들이 있었나요?

Q. 가장 기억에 남는 고양이와의 추억은 무엇인가요?

Q. 고양이에게 눈에 띄는 행동 변화가 있었나요?

Q. 구토와 설사 같은 몸의 이상 증상이 있었나요?

병원 방문 횟수와 비용

Q. 귀청소 횟수는?

Q. 양치질 횟수는?

Q. 이번 달 총 음수량은?

Q. 발톱은 깎았나요?

고양이 건강 이슈와 주의 사항

2021

8

☐

☐

일	월	화
1	2	3
8	9	10
15	16	17
22	23	24
29	30	31

수	목	금	토
	5	6	7
	12	13	14
	19	20	21
	26	27	28

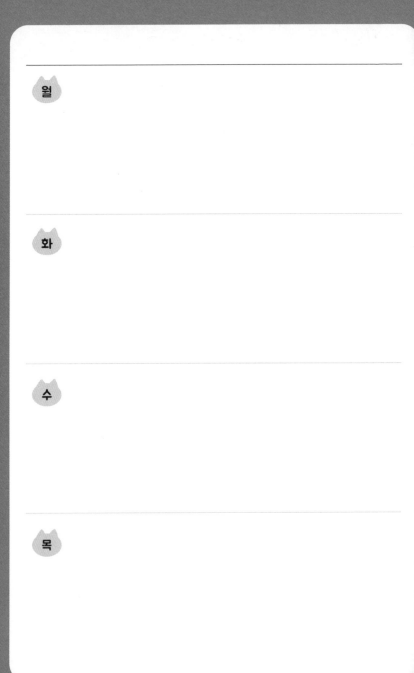

월

화

수

목

금

 토

일

 새로운 스크래처로 교체할 때는 기존의 스크래처를 치우지 말고 같이 두세요. 새것에 익숙해지면 그때 기존 스크래처를 치워줍니다.

월

화

수

목

금

토

일

고양이는 하루에 일곱 번에서 열두 번에 걸쳐 사료를 나눠 먹기도 해요.

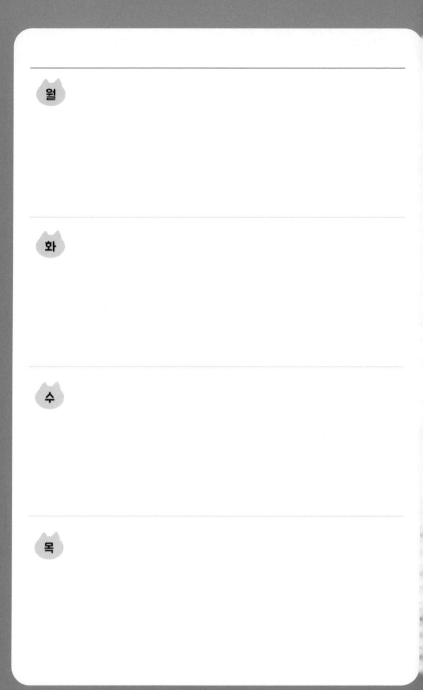

월

화

수

목

금

토

일

고양이 장난감은 먹이 퍼즐과 낚싯대, 행동유발 장난감 등
최소 일곱 개가 필요합니다.

월

화

수

목

금

토

일

우리 고양이가 분리불안 증세를 보인다면?

Q. 가장 기억에 남는 고양이와의 추억은 무엇인가요?

Q. 고양이에게 눈에 띄는 행동 변화가 있었나요?

Q. 구토와 설사 같은 몸의 이상 증상이 있었나요?

병원 방문 횟수와 비용

Q. 귀청소 횟수는?

Q. 양치질 횟수는?

Q. 이번 달 총 음수량은?

Q. 발톱은 깎았나요?

고양이 건강 이슈와 주의 사항

autumn

가을

어느 날 문득 계절의 냄새가 달라졌음을 느끼듯, 우리 고양이의 털색이나 피부의 탄력이 예전과 달라진 것을 보고 세월의 흐름을 실감할 때가 있습니다. 중년묘로 접어드는 시기에는 곧 노령묘가 된다고 인지하고 하나씩 건강한 노후를 위한 준비를 해두어야 합니다. 사계절 중 가을이 비교적 짧은 것처럼 묘생에 있어 중년묘에서 노령묘로 넘어가는 이 시기도 3~4년 정도로 그리 길지 않습니다. 시간이 갈수록 활력은 떨어지고, 상대적으로 쉬는 시간이 많아집니다.

이때 무엇부터 대비해야 할지 잘 모르겠다면 우선 크게 생명을 위협하는 질환과 삶의 질(QOL)을 떨어뜨리는 질환으로 나누어봅니다. 생명을 위협하는 대표적 질환으로는 신장기능 저하, 심근 비대증, 갑상샘 기능 항진증 등이 있습니다. 이 질환들은 6개월 간격으로 정기적인 검진을 통해 조기에 발견할 수 있도록 해야 합니다. 또한 퇴행성 관절염이나 치주염, 치아 흡수성 병변 등은 고양이의 삶의 질을 떨어뜨리는 대표적인 질환들입니다. 평소 잘 오르던 곳을 오르지 못한다거나 유독 칫솔질이 어려워 어쩔 수 없이 치아 관리를 못하고 있다면 더욱 주의를 기울여 조기에 치료할 수 있도록 합니다.

혹독한 겨울이 오기 전 미리 대비를 하듯 노령묘로 접어들기 전 고양이의 상태를 정확히 파악하여 남은 시간을 건강하게 보낼 수 있도록 계획을 세워보세요. 잘 준비한 만큼 고양이의 삶의 질이 올라갈 것입니다.

2021

9

일	월	화
5	6	7
12	13	14
19	20	21
26	27	28

☐
☐

수	목	금	토
	2	3	4
	9	10	11
	16	17	18
	23	24	25
	30		

월

화

수

목

금

토

일

고양이가 집중할 수 있는 시간은 15분이에요.
놀이나 교육은 하루 15분씩, 2~3회 제공해주면 됩니다.

월

화

수

목

금

토

일

고양이를 행복하게 만들고 싶다면?

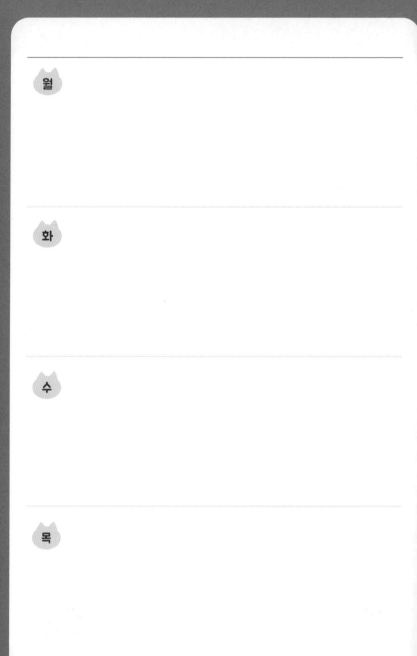

월

화

수

목

금

토

일

고양이는 집사의 이런 행동을 싫어해요!

월

화

수

목

금

토

일

보상은 미션을 성공했을 때마다 바로 해주세요. 그리고 마지막엔 칭찬과 보상을 함께 주면서 마무리하면 완벽한 놀이와 훈련이 된답니다.

Q. 가장 기억에 남는 고양이와의 추억은 무엇인가요?

Q. 고양이에게 눈에 띄는 행동 변화가 있었나요?

Q. 구토와 설사 같은 몸의 이상 증상이 있었나요?

병원 방문 횟수와 비용

Q. 귀청소 횟수는?

Q. 양치질 횟수는?

Q. 이번 달 총 음수량은?

Q. 발톱은 깎았나요?

고양이 건강 이슈와 주의 사항

2021

10

- [ ]
- [ ]

일	월	화
3	4	5
10	11	12
17	18	19
24	25	26
31		

수	목	금	토
		1	2
	7	8	9
	14	15	16
	21	22	23
	28	29	30

월

화

수

목

사냥놀이의 순서는 Searching(탐색하기) – Stalking(쫓아가기) – Catching(잡기) – Manipulating(가지고 놀기) – Eating(먹기) 순으로 진행된답니다.

월

화

수

목

금

토

일

우리 고양이를 천재로 만들어볼까요?

월

화

수

목

금

토

일

고양이는 단맛을 느끼지 못해요.
그리고 짠맛 또한 거의 느끼지 못한답니다.

월

화

수

목

금

토

일

백합류의 식물은 고양이에게 치명적이에요.
특히 튤립은 조심해야 합니다.

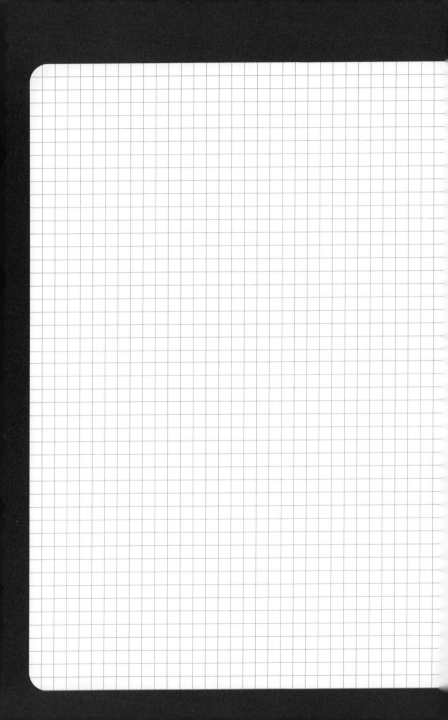

10월, 어떤 일들이 있었나요?

Q. 가장 기억에 남는 고양이와의 추억은 무엇인가요?

Q. 고양이에게 눈에 띄는 행동 변화가 있었나요?

Q. 구토와 설사 같은 몸의 이상 증상이 있었나요?

병원 방문 횟수와 비용

Q. 귀청소 횟수는?

Q. 양치질 횟수는?

Q. 이번 달 총 음수량은?

Q. 발톱은 깎았나요?

고양이 건강 이슈와 주의 사항

11

일	월	화
	1	2
7	8	9
14	15	16
21	22	23
28	29	30

☐

☐

수	목	금	토
	4	5	6
	11	12	13
	18	19	20
	25	26	27

월

화

수

목

금

토

일

 고양이가 갑자기 토해요!

월

화

수

목

금

 토

일

 고양이가 사람의 감기약이나 타이레놀 같은 진통제에 들어있는 아세트 아미노펜acetaminophen 성분을 먹을 경우 신장이 망가져요. 약은 항상 취급주의!

월

화

수

목

금

토

일

고양이가 가출했어요!

월

화

수

목

금

토

일

창문 근처에 쉴 공간을 만들어주세요.
창문은 고양이에게 TV와도 같아요.

11월,
어떤 일들이 있었나요?

Q. 가장 기억에 남는 고양이와의 추억은 무엇인가요?

Q. 고양이에게 눈에 띄는 행동 변화가 있었나요?

Q. 구토와 설사 같은 몸의 이상 증상이 있었나요?

병원 방문 횟수와 비용

Q. 귀청소 횟수는?

Q. 양치질 횟수는?

Q. 이번 달 총 음수량은?

Q. 발톱은 깎았나요?

고양이 건강 이슈와 주의 사항

winter

겨울

매서운 바람이 부는 겨울은 마음도 꽁꽁 얼어붙는 것 같아 쓸쓸한 기분마저 듭니다. 하지만 종일 밖에서 떨다가 집으로 돌아왔을 때 몸을 감싸는 따뜻한 공기와 뜨거운 차 한 잔이 주는 온기는 그 어느 것과도 바꿀 수 없는 행복이자 위로입니다. 게다가 이불 속에 숨어 있던 고양이가 빼꼼 얼굴을 내밀고 나와 옆에 누워 지긋이 바라본다면 쓸쓸했던 마음이 눈녹 듯 사라져버릴 것입니다. 고양이의 체온은 37.5~39.5℃로 사람보다 1~2℃ 정도 높습니다. 이렇게 따끈한 고양이는 마음을 데우는 핫팩이 되기도 합니다.

하지만 슬프게도 겨울이라는 계절은 노묘기에 비유할 수 있습니다. 무성했던 잎이 떨어지고 가지만 앙상하게 남은 나무처럼, 어린 시절 활발하고 장난꾸러기 같은 모습들은 사라지고 한 자리에 머무는 시간이 길어지게 됩니다. 하지만 그렇다고 해서 노령의 고양이에게 자극이 필요하지 않은 것은 아닙니다. 오히려 시각적, 청각적, 촉각적 자극들을 다양하게 제공해 몸과 마음의 노화를 늦출 수 있도록 신경을 써주어야 합니다.

고양이와 함께 건강하고 행복한 일상을 보낼 수 있음에 감사하며, 자주 "고마워"라고 고양이에게 말해주세요. 그리고 '사랑한다'는 말도 함께요. 세상에 이토록 나만을 생각해주고 믿고 의지하는 존재도 없습니다. 고양이와 함께 성숙해가는 시간을 매일 소중하게 생각하며 올해의 끝자락을 잘 마무리하시기 바랍니다.

2021

12

일	월	화
5	6	7
12	13	14
19	20	21
26	27	28

☐
☐

수	목	금	토
	2	3	4
	9	10	11
	16	17	18
	23	24	25
	30	31	

월

화

수

목

금

 토

 일

 우리 고양이 약 먹이기!

월

화

수

목

금

토

일

 캣닙에 들어있는 네페탈락톤 성분은 고양이를 기분 좋게 만들어 주지만
세 마리 중 한 마리는 반응을 하지 않기도 해요.

월

화

수

목

금

토

일

고양이 헤어볼이 뭐예요?

월

화

수

목

금

토

일

고양이의 정상 호흡수는 분당 20~30회예요. 만약 고양이가 분당 30회
이상 과호흡을 한다면 심장병이나 호흡기 질환을 의심할 수 있어요.

12월,
어떤 일들이 있었나요?

Q. 가장 기억에 남는 고양이와의 추억은 무엇인가요?

Q. 고양이에게 눈에 띄는 행동 변화가 있었나요?

Q. 구토와 설사 같은 몸의 이상 증상이 있었나요?

병원 방문 횟수와 비용

Q. 귀청소 횟수는?

Q. 양치질 횟수는?

Q. 이번 달 총 음수량은?

Q. 발톱은 깎았나요?

고양이 건강 이슈와 주의 사항

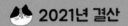 **2021년 결산**

단묘 가정

건강검진 여부	특이 질환	사료 브랜드	모래 종류	1년 진료비 합계

다묘 가정

이름:

건강검진 여부	특이 질환	사료 브랜드	모래 종류	1년 진료비 합계

이름:

건강검진 여부	특이 질환	사료 브랜드	모래 종류	1년 진료비 합계

이름:

건강검진 여부	특이 질환	사료 브랜드	모래 종류	1년 진료비 합계

이름:

건강검진 여부	특이 질환	사료 브랜드	모래 종류	1년 진료비 합계

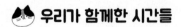 **우리가 함께한 시간들**

Photo

Photo

Photo

Photo

Photo

Photo

🐾 응급상황 대처하기

갑자기 집에 불이 나거나 자연재해 같은 응급상황이 발생한다면 우리는 어떻게 고양이를 구할 수 있을까요? 위급상황 발생 시 고양이를 구하고, 나아가 응급처치할 수 있는 방법에 관해 이야기해보겠습니다.

우선 응급상황에 대비하기 위해서는 기본적으로 구급상자를 구비해 둘 필요가 있습니다. 구급상자에 들어 있어야 할 것은 다음과 같습니다.

- **가위:** 응급처치를 하거나 엉킨 털을 잘라낼 때 사용합니다.
- **핀셋:** 몸에 가시나 유리 조각이 박혔을 때 제거하는 데 사용합니다.
- **라텍스 일회용 장갑:** 위생적인 응급처치를 위해 필요합니다.
- **체온계:** 고열이나 저체온증 여부를 확인하는 데 쓰입니다.
- **과산화수소와 생리식염수:** 생리식염수는 상처 부위를 소독할 때, 과산화수소는 소독이나 구토를 유발해야 할 때 사용합니다.
- **5mL 일회용 주사기:** 상처 부위를 소독하기 위해 생리식염수를 담거나 과산화수소를 먹여서 구토를 유발하는 데 사용합니다.
- **면봉 또는 사각솜:** 상처 부위를 닦는 데 사용합니다.
- **일회용 물티슈:** 상처 부위의 주위를 가볍게 닦는 데 필요합니다.
- **수건 또는 담요:** 고양이를 감싸거나 바닥에 까는 용도로 사용합니다.
- **거즈:** 상처 부위를 압박하여 지혈하거나 2차 감염을 예방하는 데 필요합니다.
- **의료용 테이프:** 거즈를 상처 부위에 고정하는 데 사용합니다.
- **자가 접착식 압박붕대:** 보호자가 고양이를 치료하다 상처를 입었을 때 사용합니다.
- **고양이 이동장:** 치료 후 고양이를 안전하게 이동시키기 위해 꼭 필요한 장비입니다. 위급상황이 아니어도 고양이를 기른다면 필수로 있어야 할 물건이니 꼭 구비해두시길 바랍니다.

🥟 고양이 응급처치 하기

고양이에게 출혈이 일어났다면, 거즈를 이용해 빠르게 압박하여 지혈합니다. 만약 고양이 사이 싸움이 일어난 상태라면 고양이에게 담요를 떨어뜨려 감싸 진정시키고, 추가적인 상처가 생기지 않도록 합니다. 발작과 같은 응급질환이 일어났을 경우, 정상적인 의식 상태가 아니므로 보호자에게 상해를 입힐 수도 있습니다. 이럴 때는 입 쪽으로 접근하지 마시고 담요로 몸을 덮거나 움직이지 못하게 하는 것이 중요합니다. 이물질을 섭취했다면 희석된 과산화수소 3mL/kg을 먹여 구토를 유발하고, 만약 독극물을 섭취하여 동공이 확장되고 과도하게 침을 흘린다면 지체없이 동물병원으로 데리고 가야 합니다.

🥟 고양이 심폐소생술 하기

호흡이 없거나 호흡과 맥박 둘 다 없는 경우 심폐소생술(CPR)을 바로 진행해야 합니다. 먼저 고양이를 옆으로 눕힙니다. 상태를 살핀 뒤 맥박은 있는데 숨을 쉬지 않는다면 고양이의 입을 감싼 후 1초 간격으로 코에 바람을 불어 넣어 가슴이 부푸는지 확인합니다. 머리부터 가슴이 일직선이 되도록 놓고 공기를 넣어줘야 충분히 폐로 들어갈 수 있습니다. 혀는 빼주어 호흡을 방해할 수 없도록 합니다. 다음, 맥박과 호흡이 모두 없는 경우 고양이를 옆으로 눕힌 후 혀를 뺍니다. 그런 다음 왼손은 바닥과 고양이 몸 사이에 두고 나머지 한 손은 앞다리 옆 흉곽을 압박하여 마사지를 5회 실시합니다. 그 후 1회 코를 통해 공기를 불어 넣어 줍니다. 맥박은 흉곽의 심장박동을 통해서 느낄 수 있지만 사타구니 쪽을 눌러 대퇴 동맥이 뛰는 것으로도 확인할 수 있습니다.

냐아아~

응급상황은 언제든, 누구에게나 닥칠 수 있습니다. 미리 응급구조 키트를 준비하고 심폐소생술을 연습해서 골든타임 안에 빠르게 처치할 수 있도록 대비하시길 바랍니다.

🐾 24시 응급 동물병원 연락처

잘 지내던 고양이가 늦은 밤 갑자기 수차례 구토를 하거나 호흡이 급격히 나빠져 가슴을 쓸어내린 경험이 있으실 겁니다. 이렇듯 고양이의 건강에 갑작스러운 이상 신호가 왔을 때 어느 병원으로 가야 할지, 얼마나 위급상황인지 수의사의 판단이 필요한 상황이 생기는데요. 평소 다니던 동물병원이 야간진료를 하고 있다면 다행이지만 그렇지 않은 경우 급하게 인터넷을 뒤져 낯선 병원을 방문해야 하는 경우가 종종 발생합니다. 이런 상황을 대비해 전국의 24시 동물병원을 정리해보았습니다. 위급상황 외에도 더 원활한 진료나 전문적인 안내를 받고 싶다면, 국제고양이협회(ISFM)에서 인증한 고양이 친화 병원(CFC, Cat Friendly Clinic)인지, 한국 고양이 수의사회(www.ksfm.co.kr) 회원 병원인지 확인해보는 것도 도움이 될 것입니다.

서울

병원명	연락처	주소
열린종합동물병원	02-487-7575	강동구 양재대로
고덕24시 동물병원	02-6227-8275	강동구 동남로
24시 SKY동물의료센터	02-472-7579	강동구 천호대로
24시 강서 젠틀리동물의료센터	02-2662-8111	강서구 마곡중앙1로
24시 아프리카동물메디컬센터	02-3663-7975	강서구 공항대로
24시 안박동물병원	02-3664-7511	강서구 양천로
24시 청담우리동물병원	02-541-7515	강남구 삼성로
24시 SNC 동물메디컬센터	02-562-7582	강남구 논현로
스마트동물병원(신사본원)	02-549-0275	강남구 도산대로
바른펫 동물의료센터	02-903-7582	강북구 노해로
루시드동물메디컬센터	02-941-7900	강북구 월계로
24시 글로리 동물병원	02-855-8575	금천구 시흥대로
금천 24시 K동물의료센터	02-808-2475	금천구 시흥대로
24시 굿케어동물의료센터	02-6956-2475	관악구 남부순환로
광진 필 동물병원	02-446-8175	광진구 광나루로
24시 명 동물메디컬센터	02-2619-5102	구로구 남부순환로

24시 지구촌동물메디컬센터	02-869-7582	구로구 중앙로
노원 24시 N 동물의료센터	02-919-0075	노원구 노원로
흑석동물병원	02-822-0275	동작구 현충로
힐링동물병원	02-713-8275	마포구 백범로
강북 24시 N 동물의료센터	02-984-0075	성북구 삼양로
VIP 동물의료센터	02-953-0075	성북구 동소문로
24시 잠실ON동물의료센터	02-418-0724	송파구 올림픽로
헬릭스 동물메디컬센터	02-2135-9119	서초구 신반포로
24시 센트럴동물메디컬센터	02-3395-7975	성동구 고산자로
LC동물의료센터	02-3394-7530	성동구 천호대로
24시 스마트동물메디컬센터	02-387-7583	은평구 은평로
24시 치유동물의료센터	02-6964-8276	은평구 은평로
24시 수 동물메디컬센터	02-2676-7582	영등포구 영등포로
서울탑동물병원	02-2601-8875	양천구 중앙로
로얄동물메디컬센터	02-494-7582	중랑구 망우로

경기도

24시 나음동물의료센터	031-906-7975	고양시 일산동구 백마로
24시 더케어 동물의료센터	031-516-8585	구리시 경춘로
모란종합동물병원	031-765-1100, 1133	광주시 경충대로
24시 일산우리동물의료센터	031-913-5550	고양시 일산 서구 중앙로
광명 24 아이디동물의료센터	02-6952-2475	광명시 오리로
그랜드동물병원	031-766-1475	광주시 경안안길
씨엘동물의료센터	031-8049-0203	김포시 김포한강11로
김포24시 힐동물의료센터	031-987-7585	김포시 김포한강2로
동현24시 동물병원	031-768-7599	광주시 경안천로
펫앤유 24시 동물병원	031-962-8274	고양시 덕양구 통일로
24시 위드힐동물메디컬센터	031-523-3256	남양주시 두물로
24시 비엔동물의료센터	032-345-7559	부천시 경인로
24시 웰니스 동물 의료센터	032-201-7575	부천시 부흥로
24시 이지동물의료센터	032-348-7975	부천시 부일로
24시 SKY동물병원	032-323-7579	부천시 길주로
24시 아이동물메디컬센터	032-677-5262	부천시 오정구 소사로
분당24시 동물의료센터	031-605-5119	성남시 분당구 야탑로
24시 분당리더스동물의료원	031-711-8275	성남시 분당구 성남대로
24시 폴 동물병원	031-717-7558	성남시 분당구 성남대로
24시 AtoZ동물병원	031-8016-8206	성남시 분당구 동판교로

수원24시 바른동물의료센터	031-291-2475	수원시 권선구 금곡로
24시 꿈동물병원	031-222-7617	수원시 권선구 경수대로
24시 당신의 동물의료센터	031-268-6575	수원시 장안구 천천로
24시 숨 동물병원	031-548-2475	수원시 권선구 권선로
24시 삼성동물의료센터	031-206-7512	수원시 영통구 덕영대로
24시 센트럴동물의료센터	031-432-2475	시흥시 정왕대로
24시 배곧스마트동물병원	031-432-1224	시흥시 배곧3로
24시 위드유 동물의료센터	031-318-4975	시흥시 은계번영길
위드동물병원	031-488-8075	시흥시 정왕대로
24시 아프리카동물병원	031-486-7533	안산시 단원구 원포공원2로
24시 온누리동물메디컬센터	031-487-7500	안산시 단원구 광덕대로
24시 마음든든동물병원	031-474-2475	안양시 만안구 경수대로
양주24시 해든동물의료센터	031-848-9111	양주시 부흥로
의정부 24시 IU 동물병원	031-871-7588	의정부시 태평로
24시 사람앤동물메디컬센터	031-262-0306	용인시 수지구 수지로
24시 블레스동물메디컬센터	031-546-0942	용인시 기흥구 동백3로
24시 서울YES동물병원	031-272-1313	용인시 수지구 현암로
드림24 동물병원	031-335-7582	용인시 처인구 경안천로
광교24시 동물의료센터	031-893-7982	용인시 수지구 광교중앙로
24시 동물병원	031-281-7585	용인시 기흥구 구갈로
메이트동물병원	031-262-9119	용인시 수지구 용구대로
24시 쓰담쓰담 동물메디컬센터	031-548-4480	용인시 기흥구 중부대로
24시 스마일동물병원	031-633-7582	이천시 구만리로
24시 큰사랑동물병원	031-8011-3690	이천시 중리천로
운정24시 동물의료센터	031-935-5675	파주시 미래로
파주24시 동물병원	031-944-5575	파주시 교하로
24시 라움동물의료센터	031-692-5022	평택시 비전5로
24시 핸즈동물의료센터	031-8077-2115	화성시 동탄대로
동탄24시 동물의료센터	031-613-7579	화성시 동탄지성로
동탄24시 윌동물의료센터	031-831-3531	화성시 동탄반석로

인천

24시 SKY 동물병원	032-275-7575	계양구 장제로
24시 소래 동물병원	032-438-3227	남동구 소래역남로
루이스24시 동물병원	032-710-1237	남동구 백범로
24시 유앤미 동물병원	032-433-0755	남동구 남동대로
24시 스카이 동물의료센터	032-715-7959	남동구 인주대로

24시 건국 본 동물병원	032-864-0075	미추홀구 인하로
쥬라기 동물종합병원	032-504-7582	부평구 부흥로
SKY 동물의료센터	032-710-7533	부평구 부흥로
24시 더블유 동물의료센터	032-565-8270	서구 청라커낼로
24시 송도힐 동물메디컬센터	032-834-7275	연수구 컨벤시아대로

부산

| 부산동물메디컬센터 | 051-868-7591 | 연제구 거제대로 |
| 제일 2차 동물메디컬센터 | 051-516-1175 | 금정구 중앙대로 |

대구

24시 프라임동물병원	053-631-9966	달서구 비슬로
대구24시 동물병원	053-352-8277	북구 침산남로
대구24시 응급연합동물병원	053-767-1190	수성구 동대구로
죽전동물메디컬센터	053-567-7575	달서구 달구벌대로

광주

24시 블루밍 동물병원	062-416-7975	북구 서강로
24시 언제나 동물병원	062-571-0011	북구 하백로
24시 동물병원 공감	062-716-2979	광산구 장신로
광주 24시 스카이 동물메디컬센터	062-719-4275	서구 상무대로

대전

마크로24시 동물병원	042-486-3375	서구 한밭대로
24시 아프리카동물메디컬센터	042-486-7581	서구 문정로
24시 대전동물의료센터	042-823-7559	유성구 계룡로
24시 성심동물메디컬센터	042-719-7566	유성구 계룡로
24시간 대전동물메디컬센터 숲	042-826-7584	유성구 한밭대로
대전24시 센트럴동물병원	042-719-7779	중구 계룡로

강원도

| 24시 보듬동물병원 | 033-655-7975 | 강릉시 경강로 |
| 원주24시 스카이동물메디컬센터 | 033-813-9975 | 원주시 서원대로 |

충북

| 24시 청주i동물병원 | 043-214-9975 | 청주시 청원구 충청대로 |
| 24시 청주나음동물메디컬 | 043-716-1275 | 청주시 상당구 1순환로 |

| 청주24시 동물병원 | 043-267-4119 | 청주시 서원구 사직대로 |

충남

| 굿모닝24시 동물병원 | 041-576-7552 | 천안시 서북구 쌍용대로 |
| 천안24시 스카이동물메디컬센터 | 041-415-0975 | 천안시 서북구 동서대로 |

전북

군산24시 제일동물병원	063-461-5079	군산시 진포로
24시 올리몰스 동물메디컬센터	063-275-7979	전주시 덕진구 송천중앙로
수종합24시 동물병원	063-273-7272	전주시 완산구 백제대로

경남

24시 더나은 동물메디컬센터	055-716-1175	거제시 고현로
양산 24시 에스동물메디컬센터	055-382-2475	양산시 물금읍 증산역로
24시 용동물병원	055-286-7511	창원시 성산구 단정로
행복한동물병원	055-231-7555	창원시 마산회원구 내서읍 호원로
24시 팔용feel동물병원	055-255-1275	창원시 의창구 평산로
펫츠올 동물병원	055-240-5800	창원시 마산합포구 서서동로
아이파크 동물병원	055-222-2475	창원시 마산합포구 해안대로

제주도

| 24시 똑똑똑 동물메디컬센터 | 064-749-7585 | 제주시 도령로 |